KB164386

고형렬 시집

성에꽃 눈부처

성에꽃 눈부처

차　례

제 1 부

제 2 부

제 3 부

제 1 부

지 구

캄캄한 바닷속을 비추는 빛처럼 지구의 그림자가 허공에
둥둥 떠서 무한공간을 비춘다 마음은 지구뿐인 듯, 거대한
혹성의 원뿔꼴 그림자들이 찬란한 공간을 떠돌아다닌다 달
까지 지구 그림자가 가고, 구름 그림자가 뒷산 개미집을
덮는다 생명은 지구뿐인 듯, 터질 듯 빛으로 가득 찬 밤하
늘에 유성의 세월, 흐를 뿐이다 저 불가사의한 무한공간의
침묵, 암흑 속의 혹성들, 도대체 우리 조리개 눈부처가 없
다면 우주는 무엇일까?

목　련*

세상 가장 커다란 믿음을 본다
가지마다 피는 망울을 느낀다
어느 시절에도 찾아오는 그들이
그리고 그 나무들이 가장
오래 된 믿음을 가지고 있다
노력과 희망으로 가득한 세상
세상이 흉악해지고 오염되고
하늘이 가물고 재난이 터져도
그들은 이 세상으로 찾아온다
그 누군가와 한 약속을 지키는
그것이 그들의 구원인 양
마치 더 작은 꿈을 찾아서 오는
꽃봉오리들 피기 며칠 전 저녁
가장 반듯한 믿음 다시 만난다

* ‘木蓮’은 나무에 연꽃이 핀다는 뜻이다. ‘나무에 연꽃이 핀다’
라…… 절묘하다.

여 우

아이들 곁에서 잠든 아내 이불 밖으로 나온 두 다리 허
벅살은 수백억년이나 된 것 같다 희고 은밀하고 빛나는 역
사는 수백억 광년이나 될 성싶다 그리고 보니 내 다리도
고작 사십 몇년 정도가 아니라 그녀와 같은 수백억 겁은
되는 것 같다 그녀의 잠자는 다리를 바라보면 나는 어디론
가 가야 함을 느낀다 당신은 어머니가 있었는데 이제 당신
이 아이들의 어머니가 되었다 한낮, 1, 2광년쯤 된 아이들
이 곁에 쓰러져 자고 있다

귀 기울이면

귀 기울이면 마른 나뭇가지 딱. 딱. 분질러지는 소리
가만히 눈감고 숨을 고르면, 모양도 없는 이상한 것들이
수도 없이 세상을 지나 세상으로 돌아가고 있다
사자들은 어디선가 다시 태어나고 있다 어느 지루하고
곤한
귀찮고 허무한 봄날, 가만히 그대 것인 내 숨결소리에
귀를 대고 들으면, 딱. 딱. 딱. 알 수 없는 소리가 들린다
마른 나뭇가지 소리 속에 하얀 분가루 같은 먼지들
내가 없는 곳, 내가 여기 와서 내가 없는 곳으로
내가 사라지고 있는 소리가, 멀리서 분주히 찾아오고 있다

이곳에 올래?

이곳에 올래? 하늘에 물방울처럼 떠도는 아이들아
이곳에 내려올래? 아침 햇살로 산을 넘는 아이들아
이곳에 올래? 밤별처럼 반짝이며 궁금한 아이들아
풀들과 벌레들과 살다 우리 모두 흙에 묻힌 이곳에
망각과 슬픔이 가득한 이곳에 정작 오시려 하는가
어느날 다시 너희 눈에 하늘이 보여도 어쩔 순 없지
바람처럼 가면서 기웃대는 아이들아, 이곳에 올래?
오늘도 많은 네 작은 목숨들은 병원에서 태어나지
이곳에 올래? 꿈 깨고 돌아갈 날까지 여기서 살래?

여 치

벌레만한 어둠이 풀밭에서 호드기를 불고 있다 한낮 잔
딧대의 눈물이 마르듯 울음은 작게작게 이어지다 끊어진다
가까운 공기로 건너오는 회미한 불빛만 반짝반짝 흔들린다
어떻게 내가 아픈 벌레몸을 가졌는가 풀밭에서 이 물음만
얻고 풀잎에 이슬만한 나의 이 호드기 풀빛 울음소리만 길
을 가고 있다 누가 나의 이 생사를 듣는다고 이젠 입술이
찢어져 피가 흐른다 잠시 울음이 끊어진 뒤, 나의 시는 영
원한 불구의 몸을 두고 미명까지 가는 저 목숨의 울음을
따라가지 못할 것이다

가을 송장

『못나도 울엄마』를 개정 5쇄 하려고 지난번 4쇄의 판권·날개·값을 보고 표2의 인쇄가 검은 이주홍 사진을 보다가 문득 이런 생각.

87년에 타계했구나. 팔십을 넘어 살았구나. 7년이 지나갔구나. 어느 땅속에 묻혀 있겠구나. 안경을 벗은 얼굴은 벌써 살이 내렸겠구나.

오늘은 93년 9월 27일 하늘은 유리. 찌릉찌릉, 등뒤에서 송장이 되는 사람의 울음을 들을 수 있다. 벌레들은, 슬픔이 변하지 않았다.

창비아동문고 2번도 지금 이주홍의 모습도 그는 아니므로 우리는 실정은 그가 어디에 있는지 알 수가 없다. 언뜻 가련하게 송장도 무언가를 생각할 것 같지만, 1,000부 종이를 계산한다.

초분 여인

금잔디밭.

여치 한 마리. 잔딧대에 끼여 바람에 흔들린다. 날개와
다리 뿌리가, 등에 험히 박혔다. 햇살이, 머리를 부순다.
사람은, 3년을 푸장나무와 짚으로 덮어놓으면 눈, 비, 바
람, 더위에 살은 날아가고, 뼈만 남는댔지. 철원으로 가던
날, 장씨* 말을 기억해보면, 개미가 여치를 물고 끌고 간
다. 바람도, 여치를 데려가려 한다. 여치는, 이리저리 몸
이, 흔들흔들 한다. 또, 잔디 뿌리가, 여치를 끌어안으려
애쓴다.

나도, 여치를 끌어당긴다.

* 1991년 동아일보 신춘문예에 시 「草墳」이 당선된 장대송 시인.

금

손이 공검 사과한테로 간다 가서 다른 살이 된 햇살 흙
물이 농부의 땀과 하나로 쥐인다 그 시절에 손은 눈부신
손 이상의 그 무엇이었다 그러나 아무도 그 눈부신 뜻을
모른다 그이 손이 공검 사과를 잡는 것을 본다 얼마나 큰
뼈가 바늘만한 작은 뼈들이 되어 상상할 수 없는 구멍들
속으로 들어왔는지 이것은 하나일 뿐 부인의 눈부신 손은
국토도 모른다

＊ 이 시를 발표하고 서너달이 지나서 뜻밖에 정종목 시인이 '금'이
뭔지 알겠다고 말했다. 이 시를 쓸 때 물과 햇빛으로 만들어진
우ㅿ 모양의 '금'들이 반짝이는 물관부를 타고 올라가서 잎과 열
매 속으로 사라졌다.

16

사람꽃

복숭아 꽃빛이 너무 아름답기로서니
사람꽃 아이만큼은 아름답지 않다네
모란꽃이 그토록 아름답다고는 해도
사람꽃 처녀만큼은 아름답지가 못하네
모두 할아버지들이 되어서 바라보게,
저 사람꽃만큼 아름다운 것이 있는가
뭇 나비가 아무리 아름답다고 하여도
잉어가 아름답다고 암만 쳐다보아도
아무런들 사람만큼은 되지 않는다네
사람만큼은 갖고 싶어지진 않는다네

春 服

나무들은 이 무렵이 좋은 때이다
바람에 잔잎들 파르르 떨리어
가슴이 춥고 속눈썹이 시리다
소르르 지난해 동숭동 갈볕에
보현봉 한숨보다 작은 미풍에도
수르르 빠지던 노란 은행잎
그 노랗다 아직 파란 잎꼭지처럼
벚꽃 색시 춘풍에 지다

새 꽃들은 새 봄에 지는구나
나무 밑을 이모와 날래 뛰어가는
시에서 묘목 받은 용강동 아이야
너한테도 이때가 좋은 시절
옛날 작은 옷을 입었던 나무
모든 나무들 이런 때가 있었다
벚꽃 아이들 춘풍에 지다
너희들 봄 기절이 참 곱구나

폭 포

하얗게 얼어붙은 작은 신체는
그대 오면 퍼런 말로 떨어지리다
출렁이다 넘실대며 누워 오려니
오늘은 이내 몸을 무엇이 이토록
꽁꽁 저 절벽에 묶어놓았다고
높푸르른 하늘로 돌아가지 못할까
산 열고 멀리 바라보고 있으면
지금껏 내 꿈 어데 걸려 있는가
살과 뼈, 한순간 생각과 쏟아져
아아아 나 온 곳 없이 물이려니
그대 아직 미동 않는 겨울날이여
절로 들 지나 산 너머 벼랑에서
오늘 내 마음의 자연은 돌아가리

신춘 2월

　하늘과 동서남북으로 뻗은 나뭇가지 뽈긋뽈긋 피가 피는 나무에 겨울 난 참새 댓마리가 앉아 고개를 이 길 저 길 돌린다 누가 오나? 누가 가나? 누가 있나? 가는 나뭇가지를 발가락으로 꼭 잡고 달쌉쓰름한 나뭇물이 지나가는 2월을 느낌 3층에 누가 보는 줄 모르고 머리를 돌린다 고것들 눈알은 머리다

비 치는 南道

길을 가다가 비를 만났다
남의 집 처마 밑에 들어가서
비를 피하고 내리는 비를 내다본다
떠나가는 사람도 찾아오는 사람도 없다
빗방울이 발등에 떨어지고
한번씩 휘익 치고 지나가는 찬바람에
빗방울 가루가 가슴에 후드득 뿌린다
새삼 저는 누군가를 찾아가는
사람이 되어가는가 어인 일로
기다리듯 기웃기웃 저쪽을 내다본다
문 닫힌 가게 하나가 간신히 보이고
미루나무 한 그루가 서 있었다
자동차도 지나가지 않고 비만 지나간다
비는 이내 그칠 것 같지 않고
방안에는 아무런 인기척이 없다
나는 얼마만의 나그네인가

봄

길에서 눈먼 사람을 보았습니다
그의 눈매는 아름다웠습니다
모두가 사라진 줄로 여겼던
운명이 그의 얼굴 속에 있습니다
차라리 반짝반짝 빛나는 눈보다
무엇을 끝없이 찾는 눈보다
춘철살인의 눈보다 형형한 눈보다
왜 저 선한 눈매가 아름다운가
분별하지도 않고 가르지도 않고
오직 조심조심 걸어가고 있는
눈먼 사람이 아름답습니다
뼈가 들어 있고 피와 생각이 흘러
자연의 열락을 깊이 감춘 얼굴
가녀린 손과 선하고 아픈 눈이
모든 사람들의 운명을 보입니다

아미타魚

　스리랑카 서남쪽 옛 바다에 한 고기들이 살았다 그들은
사람의 말을 하고 무량광명의 이름을 부를 수 있었다 어느
해 그 지역은 재난을 당해 사람들이 먹을 것이 없게 되었
다 그들은 자신들의 이름을 노래 부르는 바닷가로 검푸른
물을 가르고 나와서 아이들과 어른들의 손에 잡혔다 선한
얼굴의 고기들은 배고픈 사람들의 음식으로 자신들의 몸을
바치려고 바닷가에 차례로 나와서 죽었다 그때 그들은 말
을 하지 못했다 그들의 살과 뼈와 머리는 이 세상 어느 고
기맛도 비견될 수 없었다 그런데 그 고기들 속에는 그들과
함께 죽지 않고 그들을 오랜 세월 동안 기르고 떠난 그 '무
엇'이 있다고 한다 자신의 몸을 바치고 어디론가 떠난 그들
은 과연 누구일까?

장 님

나 수만번 이 세상에 태어났다면
한번은 저 장님처럼
장님이 될 것이다
장님 되어 왜 나와 사는지 모르는
아내의 아니면 동거자의 손을 잡고
전자지팡이를 두드리며
걸어가야 할 것이다
나는 지금 몇번째나 이 세상에
태어나 살아가고 있는 걸가
언젠가 모든 사람들이
어느 일생에서 꼭 한번
장님이 되지 않고 살아간다는 것은
세상 모르는 일
한번은 지팡이 끝에 눈과 귀
모든 것을 맡기는 날이 올 것이다

우　수

　녹고 있는 거대한 얼음장이 올림픽대교에서 잠실철교 아래까지 이어졌다 그 옆으로 한강물이 흐른다 수많은 오리떼들 그 얼음 위에 발을 올리고 서 있다 우수의 정오 구름 햇살을 쬐고 있다 조금씩 아래로 떠내려오는 얼음장을 보며 속으로 노래한다, 저 얼음 다 녹기 전 저 수만 마리 오리들 북쪽으로 날아갈 것이다 여름 어느날 이 성수대교 근처 우연 지나다 그들 떠나 없음을 알 것이니 머잖아 이 강둑 꽃들 다시 핀대도 내 가슴속엔 허전함만 흐를 것이다

봄

남의 꿈속에 악몽으로 나타난 뒤

내가 꿈속에 나타나서 죽었다고 한다. 왜 꿈에 나타났느냐 따지지 않고 술을 산다. 내가 왜 남의 꿈속에서 죽었지? 살아 있는 사람 앞에서 나는 죽은 사람처럼 느껴진다. 눈을 뜰 수 없는 강렬한 불빛이 나를 치고 무서운 속도로 달려들었다고? 꿈속에서 죽은 나를 바라본다. 내가 왜 남의 꿈속에 들어갔지? 기억 없어 웃음이 나온다. 남의 꿈속에서 죽고, 나는 술을 마신다. 다른 곳에서 누군가 태어나지 않고 출생의 꿈만 꾸었나보다. 무슨 일일까?

清凉寺址 지나가다

멀리 있는 사람을 사랑한다 계룡산 속 없어진 청량사 터
에 부부가 못 된 남매, 탑은 오늘 가까운 것을 절하고 멀
리 있는 두 사람을 생각한다 산정 하늘 쪽으로 칠층 석탑
이고 골짜기 세간 쪽으로 오층 석탑 다정하게 고만한 거리
의 사랑은 언제 시작되었나 온 산의 젖을 올리는 봄 나무
들아 목에 걸린 뼈를 빼어준 上願에게 상주 처녀를 물어다
준 호랑이는 사람 은혜를 무명으로 갚으셨군 공부하는 사
람한테 큰아기를 물어다주다니 계룡산 검은 진흙 질척이는
산길 세상일을 여기서는 아무것도 알 수 없는 듯 무지의
복을 받다 그래 가까운 사람을 사랑하여라 그래 멀리 있는
탑을 생각하여보아라 그래 사랑하는 사람을 사랑하지 말
고, 쉬게 두시게

* 호랑이가 물어다준 처녀를 돌려보냈으나 그 부모가 딸을 다른
  데로 시집보낼 수가 없다면서 상원에게 다시 돌려보냈다. 둘은
  오누이가 되어 함께 살았고 득도하였다. 그들이 죽은 뒤, 몸에서
  는 쌀 같은 많은 사리가 나왔다고 한다.

古 鏡

긴 겨울이 두꺼운 눈구름을 물리치고
사나이 감추어둔 욕정이 번뜩일 때
먼 남쪽에서 아릿한 가시나의 나라에서
봄제비가 희뜩희뜩 배를 뒤집고 날 때
무지무지 쳐들어온 오랑캐들의 이름
그 이름 이제는 조용히 제비꽃이 되었다
굶주림과 그리움이 파괴되고 오늘은
그 꽃이 제비 날아오는 남쪽을 향한다
그 꽃들이 어느 땐 군마들이 쳐내려오던
저 험악하고 두려운 북쪽을 향했는데
사나이들은 어느덧 사라지고 만 것인가
작은 꽃들조차 편리 좇아가고 말았다

산비둘기

숲 위를 쑤욱 솟아올라 소리없이 날아간다
쫓아가지도 쫓기지도 않는 아고산 외비둘기는
오리나무 몸을 닮은 바둑비둘기 한 마리
휘얼, 휘얼 곡식과 잡초씨 주워먹고 돌아오지
저 몸 슬픈 일도 없고 즐거운 일도 없지
나야 서산에 해가 떨어지니 내려오는 것이고
너야 들에 산그림자 내리니 돌아오는 것이지
멀뚱해라, 나는 계곡에 서서 너를 바라보는데
너는 한번도 돌아 안 보고 날아가고 있구나
산처럼 살아가는 아고산 비둘기야 잘 자거라
우리는 각자가 다른 곳에서 아침을 눈뜨지
평화롭게 푸드덕, 푸드덕 집에·돌아가는 사람
눈감는 저녁 궁륭이 산문에 싸리울을 치구나

운락국민학교

누가 꽃꺾기재 하나뿐인 이 학교
유리창을 다 깨뜨리고 떠나갔는가
교탁도 흑판도 다 가져갔는가
아침 바람만 이 교실 저 교실
창틀을 환히 넘나들며 사라지는
강원도 백운산 사북읍 사북6리
뻐꾹새만이 뻐꾹뻐꾹 남아 운다.

* 화절령 운락국민학교는 광산합리화로 폐교되었다. 교실 마루
  밑에까지 갱도가 들어와서 여섯 칸의 교사는 심히 기울어 있
  었다. 1992년 6월의 찬 아침, 가슴이 아픈 화절령에서 참새와
  개구리 같은 아이들의 목소리가 내 귀에 들리는 듯했다.

바람 나뭇잎

나 오랜 옛날에 나무인 적 있었다
다른 세상의 햇살이 지나가고
치맛자락을 흔들어대는 바람이 불던 날

나 그때 나무였던 것이 분명하다
이제서야 그 아련한 추억들이 수런인다
아주 낯선 강 멀리 키는 하늘에 닿아
수도 없이 돋아나오는 나뭇잎들이 되면서
나는 비로소 아주 먼 그 옛날 내가
귀여운 애기잎사귀들을 흔들어주면서
바람으로 돌아오는 나를 보았었다, 그때
나무였다는 사실을 알게 되었다
이제서야 아련한 추억들이 살아난다

파란 바람아 불어오니라 불어가니라
알려고 하는 자에게만 비밀을 일러주고
저 나뭇가지들을 흔들어주어라
나 옛날에 바람이었던 때가 즐거웠다
그때가 아름다운 때였음을 알게 되었다

아들의 슬픈 색수상행식*

아들아 내가 너를 바라보고 있다
마음과 손과 머리와 뿌리의 모든
기쁜 색수상행식을 벌써 시작했구나
나의 오, 슬픈 아들의 색수상행식아
나를 쳐다보고 아버지를 아는 아들아
오늘 나는 너의 색수상행식을 본다
나는 오늘 너의 안이비설신의이며
색수상행식인 너를 이제 깨닫는다

  ＊두렵고 무서운 이 오온이 세상을 이룬다. 색수상행식(色受想
  行識)은 육체·감각·상상·마음의 작용·지식들이다.

갈매기 공중

부산 사하구 하구언 둑을 걸어가다가
나는 아내가 너무 높이 올라가서
하늘을 원을 그린다고 생각했다
오랜만에 높이 나는 자신의 날개가
까마득한 공중 속에서의 맴돌기가
아내는 무척 즐거운 모양이었다
낙동강 바람이 저녁을 만들 때
나도 아이들을 데리고 하늘로 올랐다
빙빙 돌면서 다른 방향으로 돌았다
사백 미터 높이에서 돌고 아내는
삼백오십 미터에서 돌며 아아아 하고
멀리 바다를 내다보곤 그만 소리쳤다
아내는 나를 올려다보며 이제 됐어요
어지러워요 어지러워요 이제 그만
서로 동으로 북으로 돌며 소리치던
아이들은 둑 아래 바닷물에 내린다
부산을 떠난 그들은 날개를 접고
그녀는 그 뒤 꿈없이 평생을 살았다

사랑이 아니고 다시 오리

이곳은 처음 온 것이 아닌 것 같다
처음 온 것이라면 이렇게 배운다고 해서 금방
익숙해질 수는 없는 일인 것이다
어쩌면 수도 없이 돌아갔다가 다시 돌아온 것이다
헬 수 없는 그 모든 것이 모두
사랑이 아니고는 돌아오지 않았으리라
하지만 우리가 그것을 그토록 알지 못한다는 것이
아 나는 이해가 되지 않는다
그러므로 우리들은 그 무엇 하나 네 웃음도
스스로 스스로라 말하지 않는다
저 덩굴장미의 꽃 한 송이가 그러하다는 것이니
이미 있는 것은 인이며 과이기 때문이다
따라서 사랑이 아니고 다시 올 수 있겠느냐

   * 이 시의 처음 제목은 「무명이 아니고 어찌 이 세상에 다시 올
    수 있으리」였다.

아버지와 어머니는 어디 계세요

고마*, 네가 너의 아들을 너의 땅에 묻는구나
한편 어디선가 평안의 소리가 들려오는 듯하다
죽음 다음은 우리들에게는 고요할 뿐이겠지
지구에 있는 모든 사회와 인간의 모든 마음은
너희들이 흙처럼 흙속에 묻히는 것을 볼 뿐
고마, 너는 죽은 사람의 아이들을 묻는구나
내가 따르는 사람은 너에 대해 말이 없지만
나는 신문에 찍혀 나온 너의 주검을 본다
그것도 검은 시신의, 발가벗은 아이들의 것을
나는 그 속에 섞여 묻히고 있는 나를 본다

> * 르완다의 난민촌이 있는 도시. 발가벗은 아이들의 시신은 나
> 에게 이렇게 묵언하였다. '우리 아버지와 어머니는 어디 계세
> 요?' 그러나 그 사체의 육친들은 이미 죽어 있었다.

제 2 부

참외 저녁

　시계저울을 한쪽에 올리고 해가 지는 거리를 뛰어가는 손수레. 여자들이 낳은 듯한 노란 아기참외들이 소복이 쌓여 있는 손수레. 바퀴 옆으로 판자를 붙인 손수레는, 팔자 걸음으로 뛴다. 해지기 전, 시장 길목으로 달려가는 부부. 어떤 우주시대가 와도 저 과일장수는 사라지지 않을 것이다. 선선해지는 늦여름 저녁도 같으리라고, 시계바늘 어둠 쪽에 조금 기운 유리창 밖, 새빨간 노을 한 마리, 푸드덕 날아간다

옻나무

한가로이 내리는 햇살을 등에 받으며
북한산 대남문을 향해 걸어 올라가고 있다
일산 불빛이 걸릴 저녁도 목적이 아니듯이
그이 발걸음은 이 보현봉도 아닌 듯싶다
그렇다고 그이 목표가 하늘이냐 하면
그도 아닌 것 같고 그는 적적할 뿐이다
유월이 가는 한가로운 산길에서 피어난
연두색 더운 옻나무꽃이 오늘은 웬일인가
세상 등뒤 모든 꽃을 버리고 아름다워라
벌도 너의 그늘을 피해가는 저 먼먼 한나절
흰 구름만 네 피 붉은 마음을 읽고 떠간다

속초 광복절 무렵

해바라기씨가 여물고 방아깨비가 태엽을 감고 투투투 날
아가다 몸이 무거워 풀밭에 툭, 떨어지면 왜 속초 광복절
무렵은 쓸쓸한가 하마 아침 저녁 물빛은 차갑고 길들은 먼
길을 떠났다는 얘기였다 해가 멀어지며 반소매가 까칠하면
왜 나는 속초를 가고 싶은가

잃어버린 외로운 바닷가 햇살처럼, 방게와 살고 있는 찬
간물처럼, 북으로 가는 길가 코스모스처럼, 광복절 무렵엔
내가 당신을 사랑한 세월만큼……

처 자

주방 옆 화장실에서
아내가 아들을 목욕시킨다
엄마는 젖이 작아 하는 소리가
가만히 들린다
엄마는 젖이 작아
백열등 켜진 욕실에서 아내는
발가벗었을 것이다
물소리가 쫘아 하다 그치고
아내가 이런다 애, 너 엄마 젖 만져봐
만져도 돼? 그러엄. 그러고 조용하다
아들이 아내의 젖을 만지는 모양이다
곧장 웃음소리가 터진다
아파 이놈아!
그렇게 아프게 만지면 어떡해!
아프게 만지면 어떡해
욕실에 들어가고 싶다
셋이 놀고 싶다
우리가 떠난 먼 훗날에도
아이는 사랑을 기억하겠지

호박꽃 속 호박벌

호박꽃 호박벌 붕붕거린다 작은 벌 하나는 머리 위에 네
엄마니 아야 호박벌 풀어주시게 얼마나 답답하면 땀을 흘
릴까 미물일수록 들에 살게 하자 호박꽃 감옥이다 아야 이
쁜 그 손 놓으시게 숨찬 꽃봉을 귀에 대고 붕붕 꽃잎 울리
는 호박벌 아우성 듣느냐 못 돌아가는 벌 하나 공중에서
잉잉 곤두박질 친다 죽어 떨어질 듯 애비는 또 호박벌 든
호박꽃 하나 따신다 아이는 양손에 꽃을 들고 언덕을 넘고
두 마리 호박벌은 아이를 따라간다 온 천지 울음바다는 얼
마 뒤 사라지고 십장생 속에서 해가 탄다.

소요산 입구에서

한 부부가 가을날 소요산에 왔다
부부는 오십 줄에 접어든 듯
빨간 단풍 핀 고목을 지나다가
자재암이 보이니까 부인이
옆산을 쳐다보며 말한다 여보
우리, 아이들을 위해 절하고 갑시다
나는 슬그머니 앞질러 가서
자재암 옆에 돌기둥에 앉았다
남편과 부인이 신발 벗고
차가운 아침 우주 속으로 들어갔다
나는 일어나 그 문앞을 지나가며
부부가 엎드려 있는, 작은
엉덩이와 등어리를 슬쩍 보았다
그 둘은 아이들 같아 보였다
같이 오래 살아온 오누이 같았다

   * 그 부부가 들어간 곳이 사실은 자재암이 아니라 아마도 암굴
    (岩窟)인 나한전일 거라는 생각이 든다.

유자청

유자차를 마시다가 건져지는 유자청 몇올 맛은,

옛날 『다시 曠野에』의 어머니 김관식 詩碑 제막하는 강
경에 갔을 때, 심호택·안도현 시인이 나를 데려간 강경들
과 군산 어느 언저리 간물 닿는 금강 하류, 길에서 안 보
이는 시골집에 들어앉아 먹은 우어회라는 그 맛 생각

유자청 삼겹살의 맛과 얄쌍함은 볕에 탄 사람에게 북어
살껍질 같아 그 맛 그리울 만한다

여름 진달래나무를 보다

눈이 환한 상수리나무 밑에 여름 진달래나무 먼저 아픔이 끝난지라 간결하고 둥근 잎은 살이 푸르고 첫사람을 잊은 얼굴은 아름답다 열매 없어 다만 추억일 뿐이려니 다시 가슴 타는 초봄이 지금 없는 겨울 뒤에 있음을 또 모름이 이 세상답다 오고 간 내일과 어제를 어쩔 수가 없는 일이려니 편안하게 지내는 진달래나무를 나는 지나친다 지나는 와도 햇살 적막한 상수리나무에서 목마르게 우는 매미 소리 숲을 지나서 왔다.

부　부

박찬익 신행에 부치는 노래

두루미는 하늘에서 입을 맞춘다
부부가 아닌 지상의 목숨들은 쳐다보면서
두 사람이 하늘에 가서 싸운다고
잘못 생각한다

하늘에서 몸을 뒤집고 쫓고 치솟으면서
부딪칠 때는 옛 모순이 부딪는 소리지만
그때에야 생명은 생명을 얻는다
사람은 하늘에서 부부가 되어
지상에서 아버지와 어머니가 된다

그런 뒤 휘얼 휘얼
긴 팔로 나란히 하늘을 건너갈 수 있다
부부는 의심이 없고 아름답고 즐겁다
하늘에서 아기를 앞세우고
두루미는 뒤에서 깜빡, 눈을 마주친다.

정월은 빠르게 지나간다

　정월은 빨리 간다 정월은 추위와 쌀걱정을 하던 선친이
생각난다 정월은 눈이 온다 정월은 더 추워진다 정월은 아
쉽다 바람이 나생이가 살얼음이 산까치가 옹달샘이 활엽수
가 들흙이, 정월은 울고 가는 새가, 나지막이 내리는 햇살
이, 마을에 온 낯선 구름이, 얼음빛 산노을이, 축항 바닷
물색이, 웅크린 큰 산이, 정월은 파랗다 정월은 쓸쓸하다
정월은 마음이 바쁘다 그런 중에 정월은 간다 속절없이,
하는 일도 없이, 남긴 것도 없이, 아 텅빈 정월이여 살도
록끔 마음을 잡아다오 환한 정월이여 이 서울 한쪽에도 너
희들 세월이 가는구나

詩 賞

황도가 뚝 떨어졌나보아
지구가 뚝 떨어졌나보아
주머니에 한 손을 찌르고
내가 멀고도 먼 것 같은 날
그 누가 문학상이라도 받으면
가서 술을 한잔 얻어먹고
꽃떡을 하나 입에 물고
거나하게 돌아오리라
그래라, 종로나 신문로 어디
아니면 대한출판문화회관 어디
아니면 인사동 사거리쯤
뒷골목, 화분 가득 핀 흰 국화
그 가슴 속에 파묻혀
무엇에게 탓할 일이 없이
혼자 푸른 하늘처럼 좋아
북한산 흰구름만큼 가벼워
──아, 양복 입고 비틀비틀
술처럼 움직여
허전히 혼자 걸어가리라

외로운 산골, 외로운 물소리

사람 많이 사는 서울 창경궁 벚꽃은 바람에 낙화해도 외
롭지 않겠지 서울에는 사람이 많고, 그 사람들이 낙화를
보아줄 테니까 하지만 길이 없는 산골 물소리와 벚꽃은 외
로울 것이다 적막한 산골 뒤에 흐르고 떨어지면 자신들이
왜 가고 지는지를 알 수 없지 않은가 관음도 여인도 잔치
도 없는 외로운 산골 외로운 물소리, 찬바람만 잠시 불다
돌아가고 하얀 아이꽃들 새 잎새로 사라진다 사람 많이 찾
는 창경궁 벚꽃은 비에 젖어도 원이 없고 땅에 떨어져 발
에 밟혀도 정말 괜찮을까? 하늘엔 밝은 햇살 고요만이 고
요해, 이 화려한 봄 먼산 꽃들은 외롭겠구나

永郎 호수*

시계가 없는 밤이 깊어지고
커다란 밤의 거울 속에
큰 산 하나가 떠 있다
그 바닥의 물의 세계엔
물새들이 한잠도 자지 않고
새로운 물소리로 밤을 새고 있다
고요한 밤이 시끄럽다
첨벙, 꾸르륵, 탁탁, 푸드덕,
오직 그 소리만 들려온다
새들은 밤잠이 없이
커다란 밤의 하늘 속에서
인간들이 알지 못하는
밤물결 사이를 살고 있다

* 속초 영랑초등학교 서쪽, 울산바위 동쪽에 있는 동해의 석
호. 미시령 아래 학사평의 개발로 호수는 오염되었지만 아직
도 철새들은 내 유년의 이 호수를 찾아온다.

물

나는 물이었어요 25유의 항하 모래 수 같은 세월에 나는
하얀 모랫살이었어요 서편 마을 겁을 거쳐 윤회해 돌아온
어부가 물풀섶에서 고기를 잡을 때 한량없는 기쁨으로 뛰
어놀던 물이 그를 보았지요 새가 날아가다가 보았을 때 새
가 정신이 어른어른함을 알았던 물 그 시절이 희미한 오늘
은 25유의 아득한 과거 나는 나를 알 수 없으므로 나는 물
이었어요 나는 갈대 뿌리와 수염난 새우 어린 고기 입으로
재미나게 들락이는 물이었어요 나는 산개울이 들어오는 흰
자갈밭 서쪽에서 하얀 바람 한 사람이 숨는 것을 본 물 눈
감고 가만 숨 멈춰 시간을 정지시키면 나요 나요 내가 놀
던 짠 바닷물이 싱거운 민물이었을 그때의 차고 맑은 아침
해의 생각 다시 그 세상으로 돌아가고 있어요 한량없는 기
쁨으로, 다시 발도 눈도 맘도 없이

신촌 그레이스백화점 햇살 같은

목에 오만도 초라함도 아닌 목걸이 건
잠자리들이, 신촌 그레이스백화점 앞에
날고 있다
잠을 자며.
반짝반짝하는 것은,
햇빛과 상품과 하늘과 그레이스백화점과
건너편 아래서 신호등을 기다리며
쳐다보는 눈과
잠자리들의 목에 걸린
금목걸이.
물방울 같은, 황금나락 같은,
꿈을 꾸고 있는
많은 사람들의 땀과 반짝이는 것은,
그레이스백화점 가을 오후 햇살 사이
목이 좀 무거운
금목걸이.
덜그럭 부딪치는, 꿈이 잠자며 날고 있다

열반 잔치 전에

땅이 비에 젖는 11월 5일 아침. 인쇄가 좋지 못한 한겨
레신문에서 아버지를 만났다. 아들은 길을 나가서 오랜 세
월 떠돌아다니고, 이 세상 무엇을 바라고저 사셨는고. 가
을비가 내려서 추워, 아버지 얼굴에 얼굴을 찍으며 하루를
보낸다. 일체를 밀어두고 아버지는 한마디 말도 곡기도 없
이 고요히 누워 계시어, 죽음이 갑자기 적요하리. 바람이
나무를 치고 사라진다. 10년대부터 2, 3, 40년대 5, 6, 7,
80년대——지금은 열반 4일, 비가 언다

* 성철 스님은 해인사 연화대에서 다비되었다. 나는 그날 고춧가
루와 깨와 호박과 파를 넣은 잔치국수를 먹었다.

소년 갈매기를 보며

아버지가 상고머리를 쳐준 갈매기가 눈앞에 두 팔로 선
회한다. 제법 센 깃은 닻 같아 바람을 이용할 줄 안다. 든
든하고 귀여워 옆에 같이 날아가고 싶다. 멀리 떠난 뒤로
애기파도 소리나는 해당화 피는 마을을 나 그리워할 줄 알
았다. 한치 등뼈만한 몸으로 좀 안 어울리는 날개는 너무
길어도, 너는 정말로 이마에 피가 안 마른 소년. 동경과
예리와 무덤덤함이여, 모든 내려다보이는 모래알들이, 소
년으로 입을 돌린다.

절

내 마음 오늘
절에 가서 절을 한다
잎 한장 한장 만들어지는 동안
온기가 없어 차가운
오랜 그 옛 마룻바닥에 엎드려

일어난다 다시 쳐다본다
즐겁고 깨끗하고 늘 있는 나는
지난 봄이 사라진 숲속에
가을의 마지막 시간 속에
덧없음만 항상하고 아름다워라

나 이 길로 다시 돌아오라고
새싹의 아픔으로 돌아가라고
잎 한잎 한잎 떨어지는 동안도
모든 것 향해 절할 수 있도록
내 마음 오늘
절하며 걸어간다

호수 밤을 지키다

　희미한 어둠의 수면 위, 물새들이 밤을 새며 호수를 지
킨다, 칼도 창도 없이, 새벽이 가까워도 그들 마음엔 낮과
같은 밤 침묵 속에서, 쳐다본 적 없는 동편 창 하늘엔 별
이 떠나고, 푸드덕, 첨벙, 꾸르륵 물이 도는 호수 한가운
데 무엇을 속삭이며 저리도 소란한가, 그대들에게 가고 싶
은, 다른 소란한 세상으로 옮아가고 싶은 나는, 숨을 죽이
고 너희들을 훔쳐본다, 물가 갈대와 갈대숲의 물과 함께

春 鳥

물오르는 나뭇가지를 잡은 새 한 사람 앉아 있다
하늘은 曇天, 주변은 雨後新春
맑은 고요를 쉼없이 들락거리며 엿듣는 저 새 꿈결
남은 물방울 또옥 떨어뜨리고, 그후론 묵묵부답
원래 말은 숨은 것인가, 말은 어디에서 다시 나오는가
소용없는 말을 비로소 잃어버린다,
주먹쥔 쓰레기 말을 슬그머니 놓아버린다

세상은 大悲, 큰 아름다운 꿈
쫑쫑거리는 새 똥구멍 쪽, 새파랗게 물든 입술
새 새는 끊임없이 뛰고 움직이는 하나의 피
  지금 세상은 네 작고 단단한 손 안에, 포근한 날개 속
에 !
  가지에 앉은 그는 고동색 껍질에 흐르는 물이 간지러워
  마른침 꼴딱 삼켜, 날까 말까? 날까 말까?

그윽한 회포

십년 동안 아내하고 아이들을 만들어서
같이 둘러앉아 아침저녁으로 식사를 하려고
우리는 애지중지해서 아이들을 키우고 가르쳤다
그때, 아내를 설득해서 결혼하기를 잘했지
안 그랬으면 아이들이 있을 수가 없지 않은가
아내하고 이견없이 아이들을 만들어서
십년 동안 눈 귀 코 입을 바로 키워가지고
지금은 같이 저녁식사를 하고 있지 않은가!

* 아내는 "아내하고 아이들을 만들어서"에서 "만들어서"를 맘에
  들지 않아 했다. 지금도 나는 "만들어서"가 적합한 말이라고
  생각한다.

물

물이 운다 개굴개굴 물이 본다 개굴개굴 물이
껑충 뛴다 물이 숨을 쉰다 개굴개굴 물이 논다
금방 숨이 넘어갈 듯, 잠시도 쉬잖고 살아 있는
물은, 작은 발가락으로, 머리로, 눈으로, 넓적한 입으로
너의 몸속에 뛰고 있는 피를 나는 오늘
알 수가 없다, 무엇이 그리도 계속해서 뛰는 건지
그리고, 왜 뛰는 것인지 그런데, 왜 뛰는 것일까?
개굴개굴 하늘이 파랗기에 바람이 불어오기에
왜 그리도 너는 턱밑 하얀 가슴이 불룩불룩거리니
개굴개굴 물은 앉아 있다 물속에, 뜰 것 같은
어린 모 그 물 옆에 멀뚱히 물은 돌아본다
노래한다 개굴개굴 너는 물이다, 돌아오는 물은
껑충 뛴다 한 폐장, 혀, 간장, 방광, 뼈, 살 물은

罰

엉겅퀴와 퉁갈나무잎 반짝거리는 길
그 뒷산 가서 물을 한 말 얻어가지고
가을비가 낮게낮게 뿌려대는 서울
인가를 돌발로 터덕터덕 걸어내려와서
멀어지는 북한산을 자꾸 돌아보게 된다
차들이 불 켜고 경적 울리는 골목이며
있는 대로 고가마다 질주하는 이 시대
한없는 처량함을 등에 짐 짊어지고
열매가 열리지 않는 정류장 은행나무 아래
고개 쪽에 차를 기다리며 비를 피한다
등줄기가 축축한 승가사 샘물과 땀물이
쿨렁쿨렁 자꾸만 아래 장에서 출렁인다
아비야 지낭하다 가엾구나 나의 아들아
짤끔짤끔 쉰내나는 거리에 비는 추적인다
물 한 말 산에 가서 얻어 짊어지고
술취한드끼 걸어내려온 원숭이해 가을

피지 않는 꽃

피어나는 기쁨도 숨이 지는 슬픔도 마다하고 영원히 피지 않는 숨이 있다 찬란한 백색의 숨은 피지 않고 있다 그 숨이 져서 다시 나뭇가지에 피어나야 숨이 되는 그 숨은 결정코 피지 않는다 수많은 나무들이 준비를 하고 봄이 찾아오지만 피지 않는 숨은 피지 않는다 무한의 세월과 바람이 파도쳐도 말의 잘못이라 할 수 없는 피지 않는 숨은 돌아오지 않는다 피어 있는 피지 않는 숨 그 숨을 태양도 달도 기도도 피우지 못한다 이 세상으로 데려오지 못한다

산의 황혼을 보며

아무래도 안될 것 같아 이렇게 했다
몸과 영혼과 함께 살 수 없음을 알고
그러니까 그는 타협도 하지 않고 또
몇번 가겠다고 호소까지 해서
영혼을 도시 밖으로 보내주었다 그리고
돌아왔다 몸을 괴롭히는 영혼을 보내고
도시 속에서 잊고 살기로 했다
열심히 살면 되는 게 아니냐고 말했다
영혼은 할말이 없었다 그러나 영혼은
몸을 불쌍하게 여기면서 말했다 너는
언제든지 오고 싶으면 오라고
영혼은 몸처럼 몸을 보내지 않았다
그런 지 십수년 지나는 중인데
영혼도 잘살고 몸도 잘사는 모양이다
한번도 둘은 나에게 찾아오지 않았다

내린천에 띄우는 편지

인제 하늘에 찾아온 저녁이 세상에서 가장
조용하다 돌들이 물에 씻겨가는 둥근 마음들
달빛들과 물위에 모여 앉아 소곤거린다
자그마한 반딧불을 피워놓고
금강초롱꽃의 연애를 흥보면서, 그 꽃이 그래도 이 세상
에서는
가장 아름답다고 두런거리는 말들이
갑작스레 음악이 되어 달구름 흐르는
새벽 하늘 속으로 숨는다
가만히 풀잎들이 물결 소리를 듣자니,
깊은 산속에 사는 한 소년의 들창 처마에
내일 아침에 필 나팔꽃에 이슬로 내린단다
저 안개도 어둠도 아닌 밤을 뚫고 내린천아
내가 어떻게 너에게 다가갈 수 있겠니?

제 3 부

창 가

그 눈웃음을 본 지가 얼마나 되었는가
눈물이 언제나 흐르고 있는,
그리하여 언제나 굴러떨어질
마음을 가진 그대 눈을 본 지
얼마나 되었는가 굳은 가슴 서러워,
서글서글한, 물기 머금은
그대 깊은 눈.
그 눈빛 다시 만나 길을 가고 싶다
그대 어깨도 그대 팔도 그대 손도
그대 조용조용한 발걸음도
아 나 그대 잊은 지 참 오래 되었다
세월이 다 지나고 나서야
오늘 그대 눈웃음 떠오른다
모든 것 바쳐 다시 그대 눈 보러 가리

연 못

안쓰럽다, 붕어들이 봄을 기다리는 것이
물밑에 힘없이, 이리저리 오가는
홀쭉한 붕어들, 조용한 물속, 얼어붙은
수면에 바람이 분다 여치, 메뚜기, 귀뚜라미
티끌들 흩날리는, 나뭇잎 같은 물결이
찰랑이며 산을 노래하던 여름날
기억할래야 할 수 없어, 죽은 듯하다
진흙밭에 붕어들, 나 아이 때처럼 산다
바람든 무우 같은 얼음 구름 아래에서
붕어들은 꿈을 기다린다, 연못 속에
땅이 움푹 파인 길가, 저 외진 연못 속에

성에꽃 눈부처

일월 아침 얼음빛 하얀, 성에꽃 흘러내린다
저 슬픈 마음 네 눈동자 속에서 흐른다
낙화를 슬퍼한 옛 시인들아, 나는 오늘
그 성에꽃들이 물이 되는 소리를 듣는가
반짝이는, 말없는, 붙잡을 수 없는 은빛 잎
창밖은 모래알이 떨고 있는 추운 아침
가질 수가 없으므로 살아 있고 아름다운
하늘과 마음만 얼지 않은 일월 한가운데
추위를 껴안고 함께 밤을 꿈꾼 소년아,
너에게 모두 보여준 만다라를 다 보았니
해가 마당에 찾아오고, 성에는 흐르는 아침
동행가 그 엄동설한을 잊지 말고 살아라
이불을 어깨에 둘러감고 바라보던 창얼음
물이 되어 흐르는 은빛 부처, 찬란한 햇살
그때 내겐, 성에꽃을 부를 이름이 없었다

설악산 끝 봉정암

고독을 완성해가는 자의 변은 얼어 있을 것이다
수맥이 막히지 않고 엉덩이만한 얼음무덤에 물은 흘러나
오고
성스러운 것은, 그 눈보라 속에 서 있는 한 백골집
뿔 돋은 벼랑 끝 노송처럼 솔잎을 떨며 지키는 것 하나와
아이 같은 봉정암, 그 안 오롯하신 한 채의 몸
알 길 없는 창자 속에서 나온 변은 찬란한 얼음이 박혔다
얼마나 먼 곳인가 그곳과 이곳, 서로 얼마나 먼 곳인가.

제 비

휘익 귓가에서 무엇이 툭 떨어졌다 좁은 골목길 밖으로
순식간에 사라졌다 작고 검고 희었다 한참 뒤 그것이 그것
임을 알았다 찬바람 부는 겨울 속 파랗게 얼음꽃 핀 하늘
아래 설악 쪽을 보았다 나는 커다란 물음표가 되었다 세상
에, 저 사람이 아직도 가지 않고, 가슴 서늘한 겨울 응달
을 간다

* 정말 돌아가지 않고 남아 있는 제비가 있는 걸까? 그때 잘못
  본 것이 아닐까? 분명히 찢어진 연미와 목 아래 흰 가슴을 보았
  다.

모정이 있다

모정이 있다 생이 있던 때부터 지는 해가 산에 올린 햇
살은 솔바람을 잃어버린 슬픔을 되찾는 다른 아침이다 그
비록 한곳에 있어도 해지는 모정을 마을마다 마주하게 했
다 가득한 가슴이 하늘을 모두 지나와서 그에게 텅 빈 모
정이 있다 젖 속에 피가 있는 모정 다시 저녁 하늘에 영원
의 시간이 지나간다 휴식이 없는 세상의 반대편 휴식의 세
상 해가 지는 산에 조용히 해가 뜬다 그에게 모정이 있다

대흥사 여관 창밖에

대흥사 여관방에 혼자 앉아 있다
초의나 다산 때처럼 추워
누구도 기다리지 않고
아무것도 지나가지 않는
숲 창밖 하늘을 올려다보니 거기,
비 줄줄줄 차갑게 내린다
옆에서 아이 추워 그런다
그럼, 아직 춥지 눈이
저렇게 녹지 않고 응달에 있는데
사타구니에 손을 감췄을
정지용이나 홍명희 생각이 난다
흥, 다시 봄이 왔구나
저 떨어지는 빗줄기 속에
어언 세월 흘러 창밖에
비 오고 싹이 파랗게 피어난다

유리창

　당신은 저 옛날, 지금은 땅속에서 사라지고 있는 한남
규* 선생이 강동구 어느 현대식 병원에 갑자기 입원했을
때 누가 헌혈 좀 하라고 하여 그분에게 피를 주신 적 있지
요 어느날 웃는 당신을 멀리서 보니 문득 그 일이 생각이
났습니다 이상한 일이지요? 지상에 없는 한남규 선생의
말과 당신의 피와 여식의 얼굴이 당신 옷에 흐르고만 있는
것 같아서, 오늘…… 그냥 비 치는 창가에 가 서서 혼자
좀 무료히 기억해보는 겁니다 그때 당신은, 진명여고 나희
덕 선생이었지요

　* 韓南圭. 1937년 인천 출생, 1994년 작고. 1958년『사상계』에
　단편「실의」로 등단. 유일한 작품집『바닷가 소년』이 있음.

바쁨 속에 가을 하늘을 쳐다보다

눈을 부릅떴던 모든 것이 세월이 가면서 부드러워지는데
너는 시간이 가도 그렇지가 않다 모든 것이 모든 것을 용
서하고 손을 잡는데 너는 북쪽 하늘에 박혀 있다 일년에
한번은 북극성을 중심으로 한바퀴 거꾸로 도는 너처럼 뭔
가를 우리도 도는 모양이다 캄캄한 하늘 속에서 너는 어떤
인성처럼 머리가 아래로 박히고 다리가 공중으로 들려서
도는 것인가

어린 시절엔 네가 암흑 속에 빛나는 반가움이었는데 너
는 언제부터 다다를 수 없는 세상이 되었다 나뭇가지 삐걱
흔들리는 초라한 도상에서 너를 본다 오래 된 것들은 모두
눈을 감고 즐거이 사라져가는데 너는 눈에 반짝이고, 이
지상은 어디쯤인가 너무나 먼 곳을 조금씩 움직이며 가고
있는 북쪽 하늘, 소년이여 가을 하늘을 쳐다보니 영글은
추수도 슬픔인 게 내 저 별들을 몰라서리라

저 세상 밤하늘을 보며

아름다운 음악 소리 들리는 죽음 쪽에서
가만히 바람과 별들 사이로 내려다보면
전생의 푸른 밤하늘은 저 아래 바라보이네
내려다보이는 작은 밤하늘은 고요하여라
오히려 내겐 사람의 고통이나 사랑보다는
바다에서 자는 불가사리나 진주조개 따위나
도루모기 알풀이나 해파리가 보고 싶은 듯
아무래도 저 붉다 푸른 하늘 밑에 살 적에
원망하던 그리움처럼 나도 그 그리움같이
그들의 기도를 하염없는 듯 듣지도 않다가
들려오지도 않을 때면 다시 귀를 기울이지
동천이 밝아지며 바람소리 들려오는 세상에
그리운 것은 아무래도 내 귀엔 몰개소리뿐
죽음의 세상까지 서원은 올라오지 못하고
들리지 않는 것은 오늘 저 하늘 밑의 나여
어쩜 이 죽음의 세계에선 은혜와 같으네

소 란

내 이 육신은 얼마나 소란한 것인가
지금 이 육신은 얼마나 소란하신가
살 속에 뼈는 날카롭게 뻗어 있고
피는 온몸을 뛰어다니고 있는 이 몸,
하늘의 별들은 바닷가 모래알들은
내 이 육신의 소란을 기다리고 있다
뼈와 살과 마음이 아픈 줄을 모르고
나는 이내 육신의 소란을 즐기신다

오 이

삐이걱, 뒤란에 온 아침한테 나간다.

가느다랗고 연하고 길숨한 연록 줄기들 성긴 울에 재미
있게 감겼다 소년아, 오이가 열리려고 작은 물꽃들 피었다
오이이 오이이 바람과 나비를 기다리며 혹시 살랑인다 아
조용한 작은 살랑임들, 물들이 지나가는 오이 물줄기 소리
가 끝마다 궁금히 자란다. 귀여웁고 깨끗한 덩굴손들은 아
가, 가고 오고 보고 듣고 슬퍼하고 말하는 헛됨이 없노라
이것이 이들의 실상인지 물이 오는 소리가 나면 뒤란은 바
깥 어떤 소요도 의심도 있지 않다. 여기저기 열릴 여름 오
이 물주머니는 소녀의 시원한 마음과 똑같이 생길 것이다.
오이씨를 심으며 자라갔던 오이여

선암사*

그곳에 가면 셋이시면서 혼자이신 분이
단연 방문을 닫아놓으시고 고요히 계십니다.
한 분은 오른편 한 분은 왼편에 계신데,
어느 한 분도 높지도 않고 낮지도 않으십니다.
그래서 혼자이시면서 셋으로 계신가봅니다.

변함이 변함 없어 세상이 무료하지 않아
구멍이 없으면서 온몸으로 숨을 쉬시면서
남해를 숨긴 산을 내다보시고 턱, 앉아 계십니다.
한 세월 더 넘게 셋이 방문을 내다보시며
말 한마디 나눔이 없이 아침저녁을 맞습니다.

   * 실제 대웅전에는 본존 한 분이 안치되어 있다. 예전에 빗속
    에 서서 마곡사 대웅보전의 삼존을 바라볼 때와 같은 감동이
    선암사에서 있었다.

책

　지난 봄도 그러더만 또 이러셨네 문 열어놓고 어딜 가셨
나?

　아무도 없는 방안에 펄럭펄럭 혼자 책장만 넘어가는 책
한 권

　말없이 혼자 남겨두고 그대 오리나무 겨울눈에 핏물 들면

　부스럭거리는 뒤뜨락도 먼 들도 그대 보이지 않아

　책 펼쳐놓고 어디로 가셨나? 옷걸이 못 하나만 벽에 박
혀

　책장만 푸르륵 몇장 넘어간다 친구여 난 저 바람 넘어가
는 책장

　그대도 가버린 책장 하나였어, 파란 봄바람 갈 곳 없는

김소월꽃

당신은 우리나라의 영원한 꽃입니다
해마다 분홍빛으로 산에서 핍니다
당신은 그러나 봄마다 지는 꽃입죠

지지 않는 꽃은 꽃이 아니요
다시 피지 않는 꽃도 꽃이 아니랍니다
보는 곳 보이지 않는 곳에 피는 꽃

당신은 가슴 아픈 진달래꽃입니다
아이들이 자라는 곳 어디나 피어서
가슴속으로 떨어지는 추억의 꽃입니다

헤어지고 사는 사람 눈에 진 꽃
산에 산에 끝도 없이 눈이 부셔
어른들 가슴속에도 영 지진 않았죠

건봉사 여름에 가서

아내의 서른여섯이 가고 있더군, 기억 없는 옛날
서기 1990몇년 아내의 서른여섯이 가고 있더군
마음이 가고 있더군, 이른 새잎에 바람이 스치는
아내의 손과 눈과 젖이, 여름날과 가고 있더군
아내의 서른여섯이 아깝더군, 지나와 있는 소녀는
어느 집에선가 자란 뒤, 서른여섯에 와 있더군
눈 깜짝할 새 모르는 시간을 아내가 가고 있더군
거 아내의 전신이 내 아내를 안다 할 수 없겠더군
또 아내가 아내의 전신을 안다 할 수 없겠더군
아내의 서른여섯이 가고 있더군, 그녀는 흐르더군
문득 너무 서러운 곳을, 아내는 무사히 가고 있더군
서른여섯, 그제사 그녀가 이 몸을 알기 시작하더군
어쩌면 눈부시게 화려한 산수가 허 흐르고 있더군

꽃자리

　사과를 손에 들고 꽃이 있던 자리, 향을 맡는다 꽃이 피던 자리에는 벌이 와서 울던 소리가 남아 있다 아내에겐 미안한 일이다 꽃이 얼마간 피어 있던 꽃받침을 아내는 기억 못한 것 같다 벼껍질로 남은 몇개 꽃받침은 사과의 배꼽, 오목한 상흔, 낙화보다 슬픈 시간이 갔다 꽃은 자신을 얼마나 애지중지했는가 한입에 쪽이 지는 홍옥 소년의 향긋함, 해숙씨, 사과 엄마는 그 연분홍 어린 꽃이 아니었겠니 그리고 어린 그 꽃은 과수의 아이가 아니었겠니

여 름

뺨싸귀가 예쁜, 여름을 나는 낯익은 제비
폭양이 잘린 처마 안쪽 빨랫줄에 앉는다
하얀 배와 검은 등은 순결하기만 하다
폭양이 제비를 범하지 못하는 한여름 낮
먼 산이 더위를 먹는 짙푸른 녹음 속에서
어린 그녀는 나의 눈길을 한껏 즐긴다
가뭄 홍수 하늘에 가득해도 두렵지 않아
네가 취하는 휴식은 한이 없이 서늘하다
러닝셔츠바람으로 방바닥에 누워 쳐다본다
끊임없이 깨무는 꽈리 소리가 희디희다

오이 마사지

일요일 낮, 생태를 넣고 끓인 칼국수를 잘 먹고 방에 들어와 한잠을 자고 있는데 가만히 잠결에 들으니까 큰것이 엄마, 조심하세요 하는 소리가 들렸다 가만히 눈을 감고 보니 지 에미는 내 얼굴에 조각을 붙이고 지놈은 옆에서 오이를 잘게 썰고 있다 모녀가 며칠 술을 먹고 들어왔더니 내 얼굴에 오이 마사지를 해주는 것이다 내 얼굴이 얇게 썬 오이 조각들로 화려하게 덮여갈 때, 피부가 시원하고 아주 편해졌는데 싫지 않았다 그나저나 내가 잠이 깨어 있는데 어째야 하나 생각하는데 내 속눈썹이 약간 흔들리는 것을 딸이 보았는지 그때 내 얼굴에 입을 대고 엄마, 아빠가 깨신 것은 아니겠지요? 하는 것이었다 깜짝 놀라서 그만 나는 참지 못하고 웃음을 터뜨리고 말았다 얼굴에 붙어 있던 오이 조각들이 산산이 날아가고 말았다 두 모녀는 눈이 뚱그래가지고 손을 내밀었다 나는 어색했고 모녀는 이럴 수가 있냐는 표정이었다 아니 여보? 당신 지금껏 깨어 있었어요?

목욕탕에서

따끔따끔한 탕속에 들어가서 다리를 쭉 뻗고 누웠다 앞
에 나를 만만하게 보고 있는 사람은 지난 12월 전방에서
제대를 했다 대학에 떨어진 아이는 거울 앞에 앉아 다리
때를 밀고 있다 옆에서 아이 시원타 아이 시원타는 늙은이
는 뼈가 녹는 모양이다 좋은 아침, 해가 나서 새벽에 내린
눈이 얼어붙은 거리를 걸어갈 생각 하니 즐겁다 욕탕 밖이
환하다(집은 봄처럼 창문을 활짝 열었겠지?) 천장 창 눈
얼음이 햇살 이에 물린다 부스러진다

청수박 속으로

저 청수박 속으로 들어가다
울퉁 한번 구부러진 수박 꼭지
그 길을 마악 넘어
희붉은 세상으로 사라지다
쿵 돌아갔다, 그들의 물은
물의 위치가 어디 있는가
알 길이 없는 오늘
어지럽고 소란한 세상 한쪽
밭에 널린 저 청수박 속으로!

나의 디오니소스들

언제나 마음껏 마실 수는 없는 법이다
배는 꾸르륵꾸르륵 폐수는 곧잘 흘러나와
앞으론 먹고 싶은 대로 먹을 수가 없다
큰소리를 해대면 어둡고 시원한 골목
그 술주정뱅이신이 행복하게 자고 있는
집안으로 뚜벅뚜벅 들어가지 못한다
너의 뱃속에 있던 강렬한 꽃들조차
사랑과 폭음을 이제 절제하자고 한다
먼 화곡동 쪽에 걸어가는 네 머리 위에
조금도 변치 않은 구름달을 쳐다본다
그러면 그렇지 사라지는 기침 같은 웃음
마셔도 마셔도 새벽 첫차까지 마셔도
맑기만 하고 즐겁기만 했던 친구들
옛날 바닷가의 늙은 디오니소스들은 본다
흐리고 낮은 축항물에 아침해가 비치니
지금은 보고픈 곳 미래가 아닌 과거다

아들이 슬프다

  과거의 1994년 설날 이른 새벽 동네 목욕탕을 왔던 아들
과 아버지, 목욕을 끝내고 거실에 나왔다 이윽고 핀 햇살
이 따듯한 바닥과 거울에 들어왔다 다섯살이 되는 아이 몸
물기를 닦고 선풍기 앞에 가서 머리를 말리고 앉아서 옷을
입히느라 단추를 끼운다 앞에 가만히 서 있는 아들의 얼굴
을 보다가 내 아들을 괜한 세상에 태어나게 한 것 아닌가
아들이 슬펐다 그냥 이런 아들이다 그리 알고 태어나게 하
지 말고 그 세상에 있게 놔두지 않고서, 첫 아침 햇살이
밝게 슬픈 생각이 지나간다

제설 기구

거진으로 가는데 면직원들이 제설 기구를 내놓고 눈을
친다 화단, 화장실, 창고 앞, 길가 1974년 겨울 눈을 다
치니 눈이 하늘로 날아가고 없었다 거기 고형렬 서기도 삽
을 들고 얼씬거리고 있었다 새끼줄로 둘둘 만 제설 기구
들,

더웠다 와이셔츠에 넥타이를 맨 병사계, 잠바차림의 산
업계장, 담배를 문 객토담당, 어린 영세민생활보호담당,
그리고 양지녘에 서 있는 권면장…… 해가 금귀도 위로 떠
올랐다, 허무했다 봄이었다

사과씨

　사과는 대한을 지나면서 늙었다. 껍질이 말라서 잘 드는
칼이 잘 들지 않는다. 나무가 사과를 키울 때 이렇게 되도
록 하셨다. 사과 속에 아이가 젖을 빨고 있다. 사과가 떠
나온 저 남쪽 사과밭, 가지에 빨갛고 파란 봄이 돋고 있지
만, 사과 속에 대춧빛 아이가, 호오 소용없는 봄을 만들고
계셨다.

山길 94

보현봉으로 가는 산길을 걸어간다 작은 산모래알들이 등
산화 아래 자박자박 밟힌다 휭 봄바람 불어 산허리를 넘어
가는 서울 북쪽 한겨울 문득 솔바람 소리가 들리니 이승이
전생만 같다 후생이며 오는 세상이 내가 꼭 실수 없이 가
야만 하는 본생 같다 보이지 않는 영원의 실재하는 세상에
서는 보현봉이며 내가 보일까 아니면…… 보현봉 바람을
맞으며 걸어 올라가는 내가 아무래도 내가 아닌 것 같다
그러니 내가 있기나 한 것인지 어쩌면 내세가 이 세상에
속해 있지 않을 것이다 그러면 이 세상은 참으로 허망한
곳이며 불가사의한 곳 욕망을 끊고 온 육신을 걸고 다음
세상으로 가야 할 공부를 죽을 때까지 이루어야 할 텐데,
나는 이 산길에서 모래알처럼 바람에 날린다

연어가 지나가는 도시의 침묵을
듣는다

연어가 지나간다 소리와 침묵 사이 꼬리로 물을 흔들며,
하지만 느리지 않다, 그 몸에 광선이 부딪치고, 연어는 죽
음의 집을 향해서 천천히 가고 있다, 연어는 죽음이 친숙
하다 즐겁다 생만큼, 연어는 아름답다 세상 모든 것 중에
서, 그가 바다를 지나가고 있을 때는, 모든 것이 아름다워
진다 연어가 해가 뜬 물에 가을을 지나간다, 연어는 사람
보다 완전한 몸을 하였다, 나는, 연어를 들여다본다 지금
바닷가에 나와서 물속에 지나가는 잘생긴 은빛 연어를 보
고 있다, 그뿐 생명들이 오고 있는 내 마음, 다시 혼인하
고 싶은 가을, 연어를 보고 있을 뿐 나는, 이렇게 망연히
바닷가에 나와 연어를 보고 있을 뿐, 아무 소용 없이 가을
햇살에 여치, 귀뚜라미, 메뚜기 울음소리 가득한 바닷가에
나와 앉았다

일 산

눈 내리는 가등 속에 동그마니 서 있을 줄이야. 참 하염
없이 눈이 가는 일산거리 가등 속에 조용히, 영혼이 가난
한 사람이 지나가는 저녁은 불빛이 돌아오는 시간, 술 하
고 싶은 사람이 될 줄은, 눈은 끝없이 내 가등의 방을 스
쳐 내리고 세월은 내 종생의 세월은 너무나 빨라, 너의 얼
굴 기억하지 못하였다. 가등 밑에 혼자 걸아가는 사람아,
나는 눈이 부셔 너를 쳐다보지 못한다.

떠돌이별들에게

우리 모든 것 잊고 살아도
나뭇가지 끝보다 예민한
작은 자침은 떨린다
공기 속에 내놓기만 하면
상하좌우로 흔들리면서
파르르 떨다가 멈춘다
아주 먼곳 돌 속에서도
소용돌이 치는 풍우에서도
각각 텅 빈 하늘을 향한다
우리 어떤 시대를 지나가도
세대가 어느 쪽으로 흘러도
마치 이것만이 진실인 양
오늘도 어떤 공전과
자전 속에서도 불변한다
그는 눈도 손도 없지만
그 기억을 버리지 않는다

軍

딱. 딱. 손가락을 꺾으며 걸어간다
뚜두둑, 뚜두둑. 아픈 소리가 났다
손가락이 마구 부러지는 소리였다
저 사람은 무엇이 저렇게 좋을까?
손에서 뼈 깨어지는 소리가 났다
저 앞산을 쳐다보니 산은 봄이다
이젠 탁. 탁. 손가락 퉁기며 간다
나는 거리를 우울히 걷고 있구나

두루미

하늘에 두 사람이 날아가고 있다

이야기를 하며, 귀로 들으며, 고개를 끄덕이며,
서로 쳐다보며

* 북한산 대남문을 넘어 퇴근하던 나는 삼천사 골짜기에서 장
  흥 쪽으로 날아가는 두루미를 보았다. 얼마 후 산비가 내리기
  시작했고 나는 그 비를 쫄딱 맞았다. 일산 호프집에서 한지희
  라는 아이에게 이 시를 써 주고 호프를 한 조끼 하였다.

후 기

이 시집은 무순(無順)이다. 1993년 『산진리 대설』 이후에 발
표한 시편들을 모았다. 3년 전에 써 두고 발표하지 않은 「성에
꽃 눈부처」를 표제작으로 삼는다.

나는 어느 시점으로부터 멀어지고 있는 몸과 마음을 내 아들
의 나이 속에서 발견하고 있는 것 같다. 이러는 것은 순정한 시
의 내면으로 떠나는 여행이 아닐까?

나는 아는 바가 없다. 그 무엇에 대하여 아는 것이 없다. 그
러나 무지(無知) 혹은 무식(無識)으로 돌아가는 일이 나의 시
업(詩業)일 것이다. 그런데 짐을 벗느니 짐을 지는 것이 더 편
한 것이 아닐까? 이것은 (나의 시는) 쓰지 않아도 된다는, (나
의 시는 혹은 사물과 발심은) 쓰면 망가지고 죽는다는 사실에
대한 변명이다.

가급적 시간이 있을 때마다 조금씩 틈을 내어 내가 가지고 있
는 것을 버린다. 그렇게 마음을 버리면 그들은 나와의 처음 만
남이 된다. 사람은 예와 오늘이 있지만(人有古今) 법은 멀고
가까움이 없다(法無遐邇)고 했다. 그 법 속에 돌아가 사라지는
데, 그게 꼴사나운 나의 시인 것 같다.

친숙해지면 떠난다. 그리고 잊으련다. 내가 그를 찾아갈 때
까지 떠나 있으련다. 그 사이에 언제나 내가 걷던 산길이 있다.
그 산길을 일러주지 않는다. 내가 이제 돌아오지 않는 산길이
다. 절벽에 햇살이 비친다. 없는 산길이 있다. 지금 이 산길을

걷고 있을 뿐이다.

 텅 비어 있고 한없이 맑고 조용하고 즐겁다, 그것은. 먼 도시
에 있는 그에게는…… 들의 풀잎처럼…… 그 풀잎의 바람처럼
……

1997년 12월 일산에서
고　형　렬

창비시선 171

성에꽃 눈부처

ⓒ고형렬 1998

지은이/高炯烈
펴낸이/김윤수
펴낸곳/㈜창작과비평사

1998년 1월 10일/초판 인쇄
1998년 1월 15일/초판 발행

등록/1986년 8월 5일 제10-145호
주소/서울 마포구 용강동 50-1 우편번호 121-070
전화/영업 718-0541, 0542
편집 718-0543, 0544
독자관리 716-7876, 7877
팩시밀리/영업 713-2403
편집 703-3843
전산조판/동국전산주식회사

ISBN 89-364-2171-9 03810

우편엽서

우편요금
수취인 후납부담

유효기간
97.8.1~99.7.31

서울 마포우체국 승인
제266호

보내는 사람

주소

☐☐☐ - ☐☐☐

받는 사람

(주)창작과비평사

서울 마포구 용강동 50-1
전화 716-7876 · 7877, 718-0541 · 0542
수신자부담전화 080-900-7876

☐1☐ ☐2☐ ☐1☐ - ☐0☐ ☐7☐ ☐0☐

독자회원엽서

창작과비평사의 독자가 되어 주셔서 고맙습니다.
이 엽서를 작성하신 후 우체통에 넣어주시면 독서회원의 자격이 부여되며
본사가 발행하는 간행물과 도서목록 등을 보내드립니다. 그리고 이 자료는
더 나은 편집·기획·영업을 위하여 소중한 자료로 참고하겠습니다.

◆ **구입하신 책의 이름은?**

◆ **구입동기**

  1 주위의 권유   2   신문(잡지) 광고를 보고
  3   (신문·잡지·매체) 신간안내나 서평을 보고
  4 제목·표지·내용이 눈에 띄어서
  5 출판사에 대한 신뢰   6 작가에 대한 호감

◆ **이 책을 읽고 난 후의 소감은?** (내용, 편집, 제목, 표지 등)

◆ **평소 저희 회사의 책을 애독하고 계시다면 관심있는 분야는?**

  1 잡지   2 신서   3 소설선   4 시선   5 아동문고
  6 교양문고   7 기타(   )

◆ **현재 구독하는 신문, 잡지 이름은?**

◆ **최근에 읽은 책 중 가장 기억에 남는 책이나 권하고 싶은 책은?**

  책이름   출판사 이름

◆ **창작과비평사에 하시고 싶은 말씀은?**

이름   (남 여)   나이
직장명   컴퓨터통신 ID
전화번호 (집)   (직장)